우리집에 바퀴를 달고

신정아 동시집
우리집에 바퀴를 달고

초판 1쇄 발행 2022년 6월 10일

지은이 **신정아**
펴낸이 임현경   책임편집 홍민석   편집디자인 김선민

펴낸곳 **곰곰나루**
출판등록 제2019-000052호(2019년 9월 24일)
주소 서울특별시 양천구 목동서로 221 굿모닝탑 201동 605호
전화 02-2649-0609
팩스 02-798-1131
전자우편 merdian6304@naver.com
인터넷 카페 https://cafe.naver.com/gomgomnaru
유튜브 채널 곰곰나루

책값 12,000원

ISBN 979-11-977020-7-5 03810

곰곰동시나루 02

우리집에 바퀴를 달고

신정아 동시집 그림 남민희

곰곰나루

시인의 말

세 번째 동시집 『우리집에 바퀴를 달고』를 펴낸다. 두 번째 동시집 『시간 자판기』를 출간한 지 4년 만이다.

첫 번째 동시집이 생활 소재의 동시가 주였다면, 두 번째 동시집은 자연 소재의 동시가 많았다. 이번 동시집은 작년에 첫 시집『내 사랑 길치』를 출간한 터라 그런지 조금 더 시의 본연에 다가가려고 노력했다. 그 사이 삶에 이러저러한 변화가 있은 만큼 동시에도 그 모습이 나타난 듯하다.

늘 어린이의 마음으로 동시를 쓰지만 앞으로 또 어떤 변화가 나를 기다리고 있을지 모를 일이다. 그 설레는 기분이 동시 쓰는 마음을 유지해 주지 않을까 한다.

2022년 초여름
신정아

차례

제2부
귀뚜라미는 시차적응 중

제3부
우리집 이야기

제4부
세상에서 가장 큰 시계

1부
풍선껌을 타고

우리집에 바퀴를 달고

우리집에
바퀴를 달고

멀리멀리
달려가면

넓은 들판은
마당이 되고

울창한 숲은
뒤뜰이 되고

푸르른 바다는
신나는 수영장이지.

계란초밥

새우초밥 한 개
연어초밥 두 개
장어초밥 한 개
광어초밥 두 개
문어초밥 한 개
날치알초밥 두 개

그 사이에
노란 모자 쓰고 있는
밥알뭉치

어, 너는 어디서 왔니?
처음 보는데?

우물쭈물
대답 못하고 있는데

검은 김
두 팔 벌려
꼭 감싸주네.

이젠 알겠지?
난 계란초밥이라구.

풍선껌을 타고

전학 온 내 짝꿍

툭하면 푸우— 하고
풍선껌을 불어.

16

왁자지껄 쉬는 시간,
풍선껌을 타고 놀아.

점심시간에는
창문 밖으로 훨훨
날아가기도 해.

"야, 너 혼자
어디 가서 노는 거야?"

짝꿍은 빙긋이 웃다가
말했어.

"내일 너도 같이 갈래?
내가 살던 그곳에—"

갈대의 가위바위보놀이

갈대는 하루 종일
가위바위보 해요.
보 보 보 보
지기만 해요.

여치도 가위
방아깨비도 가위
베짱이도 가위
메뚜기도 가위
사마귀도 가위
귀뚜라미도 가위

18

갈대는 하루 종일
가위바위보 해요.
주먹을 내지 않고
보 보 보 보
지기만 해요.

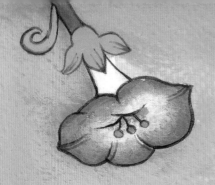

지각생 나팔꽃

웬일일까 나팔꽃
나팔을 불지 않네.

나팔꽃 속에
애벌레 한 마리
꽃술 이불 덮고
새근새근 자고 있네.

우리집 나팔꽃
오늘도 지각이네.

민들레 꽃씨는 왜 날아다닐까

아무도 찾지 않는
옥상에 핀 민들레는
별을 친구삼아 놀아요.

어느 날부터
별이 보이지 않아요.
먼지 낀 구름만 가득해요.

하루, 이틀, 사흘
어디로 갔을까
어디로 갔을까

민들레꽃이
별을 찾아 멀리멀리
씨를 날리기 시작해요.

아이들 마음 속
빛나는 별을 찾아
민들레 꽃씨가 날아들어요.

식지 않는 마음

횡단보도 지켜주는
할머니 시린 두 손

살며시 다가가
전해준 핫팩 한 장

할머니 손을
두 시간 덥히지만

할머니 마음은
하루 종일 따뜻해요.

짜파구리의 탄생

하늘도 나처럼
고민인가 봐.

비를 내릴까
눈을 내릴까

이리 갸우뚱
저리 갸우뚱

눈과 비 사이좋게
내려 보내지.

나도 하늘처럼
고민이 되네.

짜파게티 먹을까
너구리라면 먹을까

이리 갸우뚱
저리 갸우뚱

짜파게티랑 너구리라면
반반씩 넣어 끓이지.

배달 음식 반대

시장 가려는데
갑자기 비가 쏟아졌어요.
"안 되겠다.
오늘 저녁은 시켜 먹자."

"안 돼요.
배달아저씨 비 다 맞아요.
오토바이 타느라
우산도 못 쓰잖아요."

공룡놀이

공룡 책을 주문했어.
하루, 이틀, 사흘

공룡 책은 오지 않고
성질 급한 공룡이
먼저 찾아와
문을 두드렸어.

어른들은
다 도망가고
아이는 공룡하고
시간 가는 줄 몰랐지.

딩동
딩동

공룡 책이 와도
문을 열지 않았지.

2부
귀뚜라미는 시차적응 중

시차적응 중이니?

그저께 이사온
귀뚜라미는

밤에는 잠자고
낮에만 울어.

남반구에서 왔나
먼 아프리카에서 왔나

귀뚜라미야
귀뚜라미야

해님이 반짝이는 게
보이지 않니?

아직 울 때가 아니야
지금은 대낮이란다.

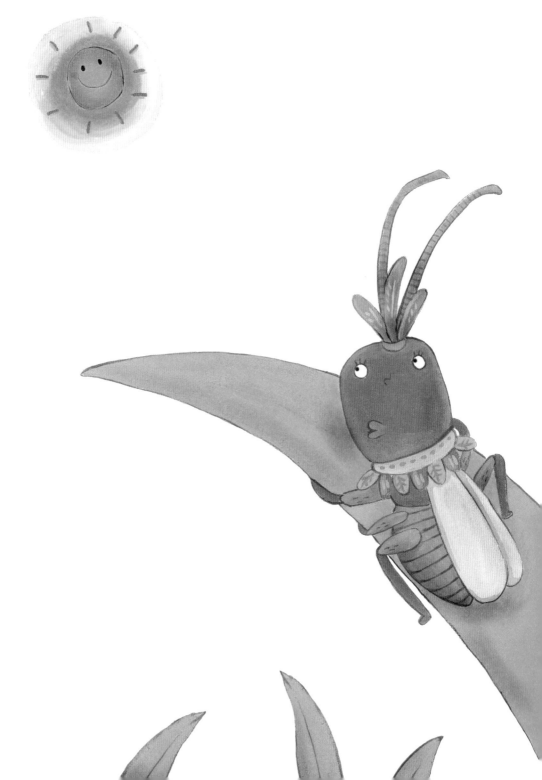

셋 모두 주인공

이곳의 주인공은
나 빨간불이야.
아니야, 이곳의 주인공은
나 초록불이지.

빨간불 초록불이
다투는 동안
깜박 켜졌다가 꺼지는
노란불

엑스트라라고
놀리지 말라구.
노란불 켜지는
3초가 없으면

이곳은 세상에서 가장
위험한 곳이 된단다.

빨간불 초록불 노란불
모두가 주인공이어야
제일 안전한 곳이 되지.

지붕이 하는 말

나는 그냥 누워 있어요.
하늘만 볼 뿐이죠.

구름이 스쳐가고
우박이 떨어지고

벼락이 칠까 봐
오돌오돌 떨기도 해요.

새들이 똥을 싸며
지나가기도 해요.

더럽다고요?
춥겠다고요?

아니에요.
내 옆에 누워보세요.

드라마보다 영화보다
스릴 있지 않아요?

인형구출작전

숨 막히는
인형구출작전!

500원짜리 동전
넣고 또 넣고

토끼인형 먼저 손 내밀다
툭 떨어지고
강아지인형 뛰어오르다가
또 떨어지고

마음은 급하지만
싸우지는 마.

아기공룡 한 마리
집게손 꼭 잡고 빠져나와
이제 살았다!

구해줘! 나도 구해줘!
다시 손을 뻗는 인형들

500원짜리 동전
넣고 또 넣고.

세탁기도 추워해요

아이, 추워
세탁기 몸이 꽝꽝 얼었다.

거실에서 쫓겨나
베란다에서 추웠지?

담요 덮어 주고
난로로 몸을 녹여주니

털털털
다시 돌아가는 세탁기

엄마, 내 방이
좁아져도 좋아.

털털털 시끄러운
소리도 괜찮아.

세탁기도 내 방에서
같이 살게 해주세요.

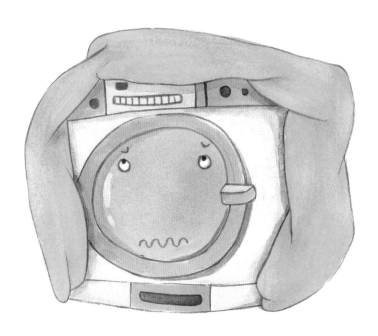

홈런

넘어간다!
넘어간다!

담을 넘어갔어.
홈런이야.

모두 하이파이브하며
환호성을 질렀지.

그래그래, 기분 좋아
멀리멀리 날았지.

울타리 넘어
빌딩 위를 날아

더 멀리—
더 멀리—

오늘 손님은 채식주의자

우리집에
귀한 손님이 오신대.

콩밥에 무생채

당근볶음
오이소박이
상추쌈
감자전
겉절이
양파장아찌

꽈리고추찜에
참깨 듬뿍

샐러드에
야채 소스 듬뿍

귀한 손님이라는데
고기는 하나도 없네?

사계절 꼬마시인의 말

봄에는 벚꽃이
나랑 헤어지기 싫어 따라와요.

여름에는 갈대가
풀벌레 여러 마리를 어부바해줘요.

늦가을에는 구름이 달을
살포시 안아줘요.

겨울에는 참새가
ㄲ, ㅅ 눈밭에 글을 써요.

우산의 마음

우산은 밖으로
나가고 싶어요.

언제쯤
비가 오나

신발장에서 기다리는
우산처럼

나도
친구가 그리워요.

운동장에 나가
뛰어놀고 싶어요.

한 방에서
뒹굴고 있어요.

언제쯤
코로나 바이러스가 사라질까요.

샌드위치

형과 동생
사이에
내가 있지.

형이 누르고
동생이 밀어
찌그러지고 있지.

그래도 좋아.

빵과 빵 사이에
치즈가 있고
빵과 빵 사이에
계란이 있고

그래서
보기 좋고 먹기 좋은
샌드위치가 되는 거니까.

3부

우리집 이야기

막둥이의 자리

가위바위보!
와, 이겼다!
작은형은
엄마 오른쪽에 누워요.

가위바위보!
와, 이겼다!
큰형은
엄마 왼쪽에 누워요.

나는 꼴찌.
엄마 왼쪽 오른쪽

내 자리가 없어도
울지 않아요.

내 자리는
내 자리는
엄마의 배 위랍니다.

엄마는
이불을 덮지 않아도
따뜻하지요.

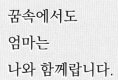

꿈속에서도
엄마는
나와 함께랍니다.

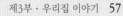

옹알이

아기 천사들이
하는 말이래요.

응애응애 으아앙
배고파요 졸려요.

옹알옹알 옹얼옹얼
심심해요 놀아줘요.

엄마는 천사가 아닌데도
잘만 알아들어요.

막내의 방 자랑

누나 방은
내 방이 아니야.

형 방도
내 방이 아니야.

엄마 아빠 방도
내 방이 아니야.

방이 없다고
놀리지 마세요.

우리집 거실이
내 방이랍니다.

여기서부터 저기까지가
장난감 놀이터

식탁 다리 사이로
축구공 농구공 굴러다니고

소파에 앉아
그림책 읽고 있으면

곰돌이 인형은
이불 덮고 쿨쿨 자요

내 방이
우리집에서 제일 커요.

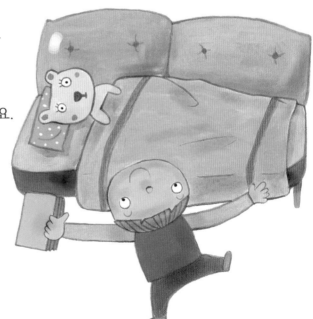

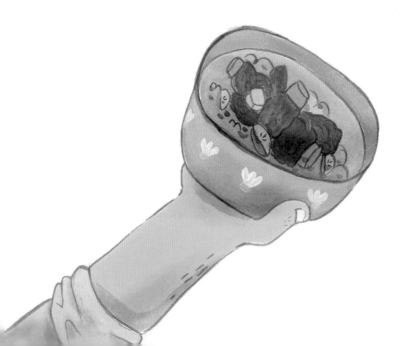

아빠손맛

할머니손맛 김밥
할머니손맛 곰탕
엄마손맛 왕만두
엄마손맛 칼국수

아빠손맛 음식점은
어디에 있나요?

우리집에 오세요.
간판은 없어도

아빠손맛 갈비찜
아빠손맛 떡볶이.

사랑은 글자 수?

엄마가
"사랑해"라고 말하면

나는
"사랑해!"

작은형은
"나도!"

큰형은
"응!"

글자가 하나씩
줄어들어요.

엄마가
"사랑해"라고 말하면

한 글자도 말 안 하는
아빠는 그럼?

손톱 발톱 100조각

누구부터 깎을래?
민이 먼저?
현이 먼저?
영이 먼저?

아니야,
나 먼저!

엄마는
진이부터 깎기 시작!

진이 손톱 10조각, 발톱 10조각
영이 손톱 10조각, 발톱 10조각
현이 손톱 10조각, 발톱 10조각
민이 손톱 10조각, 발톱 10조각

휴우— 한숨 쉬고
엄마도 깎기 시작해요.
손톱 10조각, 발톱 10조각

이야, 모두
100조각이네!

그때 슬몃
엄마 앞에 놓이는
아빠 손

아, 아빠
이제 그만!
100 이상은
더 못 세!

손잡이

엄마 귀는
우리 아기 손잡이.

아기를 안고
흔들흔들하면

아기는
손 내밀어

엄마 귀를
꼭 잡아요.

괜찮아?

엄마,
나 회장선거 나가면
친구들이 뽑아준대.
어떻게 할까?

내가 회장 되면
엄마도 바빠질 수 있는데
괜찮아?
응?

엄마는 괜찮아.
엄마는 괜찮지만

네가
회장이 되면
친구를 더 생각하고
봉사도 많이 해야 할 텐데

괜찮아?
응?

바쁜 엄마

하느님이
바쁜 엄마에게
날개를 달아주면

엄마는
회사에서 일하다가도

1분 만에 날아와서
내 볼에 뽀뽀를 하고
이마를 쓰다듬어 주겠지.

하느님이
바쁜 엄마에게
날개를 달아주면

엄마는
출장을 갔다가도

1분 만에 날아와서
잘 자라 우리 아가
자장가를 불러 주겠지.

4부

세상에서 가장 큰 시계

세상에서 가장 큰 시계

해님이 세상을 비추면
모두 깨어나요.

해님이 잠들면
모두 따라서 잠들어요.

달밤

밤에도
강물은 길을 잃지 않아.

달이 내려와
강물에 목욕하고
길을 열어주지.

강물은
졸졸졸
달을 따라간단다.

갈매기와 새우깡

새우를 못 먹어서
새우 말고
새우깡을 먹는 걸까?

새우를 먹고 싶은데
새우가 없어서
새우깡을 먹는 걸까?

생일초대

반 친구들에게
생일초대장 돌린 날

서진이 오면
아무도 안 오겠다고
수근수근—

정말 아무도 안 오면 어쩌지?
서진이 혼자만 오면 어떡하지?

교실 구석에서 초대장 보며
히죽히죽 웃던 서진이 얼굴
자꾸만 떠올라

까짓것 서진이랑 놀지, 뭐.
엄마가 해준 맛있는 음식들
둘이서 실컷 먹고 놀지, 뭐.

생일파티

띵동!
띵동!
띵동!

서진이 오면
오지 않겠다던 친구들

아픈 애 하나 빼고
모두 모였네.

새침데기 지우도
묵묵한 승욱이도

먹보 수연이랑
장난꾸러기 준수도

이리 뛰고
저리 뛰고

멀찍이 떨어져서
쳐다만 보던 서진이도

우당탕탕!
시끄러운 생일파티.

가뭄

비가 오면
귀찮아.

신발이 젖고
우산도 챙겨야 해.

무엇보다
공차기를 못해서
안 좋아.

구름이
내 마음 다 알고

비를
내리지 않고 있어.

기다림

칫솔은
치약을 기다리고

컵라면은
뜨거운 물을 기다리고

잠긴 문은
열쇠를 기다립니다.

아가 귀는
밤이 늦도록

엄마의 발소리를
기다립니다.

함박눈

나랑 놀고
헤어진 함박눈

다시 만나자고
약속했는데

겨울이 다 가도록
오지 않는다.

나무와 매미

매미는
나무즙을 줘도 울고

토닥토닥
달래도 울어.

나무는 귀찮고
힘이 들었지.

어느 날
매미가 떠났어.

오랜만에 종일
편히 쉬던 나무가

매미를 달랠 때처럼
나뭇잎 다시 살랑거리네.

괴로웠어도
시끄러웠어도

매미가 없으니
허전한가 봐.

한 달살이

해바라기한테 들은 얘기야.
해바라기는 하늘에서 살아보고 싶었대.
빛이 반짝이는 하늘이 예뻐 보였거든.
해님한테 물어봤대.
"우리 서로 바꿔서 살아보는 게 어떠니?"
"좋아, 딱 한 달 동안이다."
해바라기는 하늘로 올라갔지.
해님은 해바라기 잎사귀 위에 내려와 앉았어.

해바라기는 신비로운 하늘나라에 푹 빠졌대.
구름이 지나가고 새가 날고 무지개가 뜨는 걸 보다가
무심코 발아래를 내려다봤대.
초록빛 산과 푸른 바다, 넓은 들판이 펼쳐진 세상
'내가 저런 곳에 살고 있었다니!'
해바라기는 깜짝 놀랐대.
빨리 돌아가고 싶어서 안달이 났지.

한 달이 되기 전에 해님한테 부탁했대.
"집에 가고 싶어."

해님은 슬며시 미소 지으며 하늘로 갔고
다시 땅으로 내려온 해바라기는
평생 해님만 바라보고 살았대.

여럿이 어울리기 혼자 깊어지기

— 신정아 동시집 『우리집에 바퀴를 달고』에 부쳐

박덕규

(시인, 문학평론가)

1. 다둥이의 삶이 생생한 풍경으로

'다둥이'라는 말, 알지요? 다둥이. '다'는 '많을 다(多)'에서 온 말이고, '둥이'는 '아이 동(童)'과 같은 뜻으로 쓰이는 순우리말이겠지요. 물론 '다'와 '둥이'를 합해 그냥 '많은 아이'라는 뜻만 되는 건 아니고요. 다둥이는 여러 자녀가 차례로 태어나 함께 사는 집, 또는 바로 그 아이들을 뜻하는 말이지요. 요즘은 어느 집이건 자녀가 둘보다 많기만 하면 '다둥이 가정', '다둥이네' 이렇게 부르잖아요? 오늘 새로운 동시집의 탄생을 보며 '다둥이'란 말부터 꺼내고 있네요.

그 까닭은 이 동시집을 찬찬히 읽어 보면 절로 알게 되니까, 동시는 이따 함께 감상하기로 하고요. 다둥이 얘기를 조금 더 해볼게요.

사실 다둥이라는 말이 자주 쓰이게 된 것은 주로 21세기 들어서가 아닌가 해요. 20세기에 우리나라는 일제강점이며 분단이며 해서 아주 아픈 일을 많이 겪었어요. 전쟁 이후 그러니까 1950년대 중반 이후, 나라사람들이 나눠지고 헤어지고 돌아와 새로이 정착하면서 집집이 '다산(多産)'을 하게 되었지요. 그보다 훨씬 이전에도 아이들을 많이 낳기는 했는데, 그런 옛 시절에는 그 아이들이 여러 이유로 일찍 죽는 경우가 많았어요. 20세기 후반, 의학도 발달하고 나라살림도 나아지면서 '다산'으로 얻은 자녀들이 쑥쑥 자라났고, 그 덕에 사회 전반에 다자녀 가구가 크게 증가했지요. 당연히 나라의 인구증가도 거듭 상향곡선을 그렸고요.

한 가정의 다산이 나라 전체의 인구증가로 이어지자 전에 없던 문제가 발생했어요. 나라에 먹을거리, 일할거리는 그만큼 늘어나지 않는데 갑자기 사람이 넘쳐나니까 배곯는 사람, 일 없는 사람이 늘어난 듯했지요. 그 무렵에는 한 집안에 겨우 한둘 자녀만 낳는 서양 풍속에 비해 아이를 많이 낳는 우리네 일을 아주 후진적이라 생각했어요. 애 낳는 걸 줄이지 않으면 나라의 미래를 알 수 없다는 불안도 꽤 깊었어요. 여북했으면 1970년대 가장 유명한 표어 중 하나가 '둘만 낳아 잘 기르자'였겠어요. 그 다음에는 심지어 '하나낳기운

동'이 벌어지기도 했지요.

흔히 '산아제한'이라 하는 이런 유의 정책은 놀랍게도 1980년대 중후반까지도 이어지고 있었어요. 그로부터 30~40년이 지난 지금은 어때요? 둘은커녕 하나만 낳으면 족하다거나, 안 낳거나 낳기를 미루거나 하는 어른들이 점점 늘어나는 추세네요. 아, 아이들이 줄어드는 이 일을 어쩌면 좋을까요? 아이들이 없다면 우리의 앞날, 인류의 미래는 어찌 되나요? 설마 사람 없는 지구가 되어버리는 건 아니겠지요?

그러고 보니, 이즈음 우리가 읽고 즐기는 동시나 동화에도 아이 많은 가족 얘기를 좀처럼 찾기 어렵더군요. 집에 아이들이 많은 이야기는 좀 복잡하기는 해도 서로 얽히고설키고 하는 사연이 참 재미있었던 듯한데, 하나 또는 둘뿐인 집 풍경에는 외로운 아이, 혼자자기 것에만 몰두하는 아이, 서로 나누고 다투는 데 서툰 아이 모습만 담겨 있다 싶네요. 우리는 벌써 아이가 줄어든 세상에 너무 익숙해져 있었던 거 아닌가 몰라요. 그러나 오늘은 그런 염려 그만해도 되겠어요. 생생히 살아있는 다둥이 이야기, 이 동시집이 바로 그런 풍경을 우리 눈앞에 펼쳐놓으니까요.

　　누구부터 깎을래?/ 민이 먼저?/ 현이 먼저?/ 영이 먼저?// 아니야,/ 나 먼저!// 엄마는/ 진이부터 깎기 시작!// 진이 손톱 10조각, 발톱 10

조각/ 영이 손톱 10조각, 발톱 10조각/ 현이 손톱 10조각, 발톱 10조각/ 민이 손톱 10조각, 발톱 10조각// 휴우— 한숨 쉬고/ 엄마도 깎기 시작해요./ 손톱 10조각, 발톱 10조각// 이야, 모두/ 100조각이네!// 그때 슬몃/ 엄마 앞에 놓이는/ 아빠 손// 아, 아빠/ 이제 그만!/ 100 이상은/ 더 못 세! —「손톱 발톱 100조각」전문

이 동시를 읽으며 무엇을 떠올렸나요? 집에서 아이들 손톱 발톱 깎는 풍경이 그려지네요. 아이들은 어리니까 엄마가 손톱을 깎아주지요. 샤워하고 나와서 겉살이 도톰하게 오른 손끝 손톱은 깎기도 좋지요. 막내부터 깔끔하게 깎아줍니다. 막내 깎고 나니 그 다음 아이 차례. 그걸 다 깎아주니 다른 아이가 또 있네요. 예쁘게 깎여 나간 손톱 발톱 조각이 많기도 해요. 아, 이제 맏이가 남았는데, 사실 이 집 맏이라면 손톱 발톱 정도는 제 손으로 깎을 수 있을 듯한데도 엄마는 그냥 깎아주기로 했네요. 언제나 그렇듯이 엄마는 아이들 다음 순서. 엄마까지 다 깎고 나니 손톱 발톱이 정말 수북해요. 세어 볼까요? 아이들 넷에 엄마까지 5인이니, 5 곱하기 손톱 10, 발톱 10, 이렇게 셈을 하면 100조각! 하긴 뭐, 이 정도 덧셈 곱셈이야 아무것도 아니지만요.

아, 그런데 이건 뭔가요, 여태 못 깎은 손발이 있나요? 아빠 손이군요. 아빠는 왜 손을 슬며시 내미는 걸까요? 엄마가, '이제 다됐구

나, 휴우—' 하고 한숨 놓고 있는데 그 마당에 손 내미는 아빠란 참 눈치도 없는 거지. 당연히 엄마한테 눈총 받겠네요. 그래도 서로 화낼 건 없죠. 설마, 아빠가 손톱 발톱을 스스로 못 깎아서 엄마한테 깎아달라고 하겠어요? 그냥 장난이죠. 실은 아이들이 손톱 발톱 다 깎고 나면 아빠도 아이들과 함께 해야 할 일이 많아요.

이 집, 아이가 넷인 집이네요. 요즘도 이런 집이 있나, 하고 놀라워할 것까진 없어요. 가족이란 엄마 아빠 그리고 자녀들이 함께 사는 걸 말하는 거고, 이 집에 엄마 아빠와 그 아이들이 함께 사는 거니까요. 아이와 어른이 함께 사는 모양을 손톱 발톱 깎는 얘기, 그 조각 숫자 세는 놀이, 능청스러운 아빠와 그러는 아빠에게 눈총을 날렸을 엄마의 표정을 짐작하는 재미… 이 동시, 우리 눈앞에 있는 듯, 우리네 이웃 어느 다둥이네의 집을 참으로 '리얼하게' 그려놓았군요.

2. 다툼과 어울림에서 경험과 지혜를 얻고

가위바위보!/ 와, 이겼다!/ 작은형은/ 엄마 오른쪽에 누워요.// 가위바위보!/ 와, 이겼다!/ 큰형은/ 엄마 왼쪽에 누워요.// 나는 꼴찌./ 엄마 왼쪽 오른쪽/ 내 자리는 없어요./ 내 자리가 없어도/ 울지 않아요.// 내 자리는/ 내 자리는/ 엄마의 배 위랍니다.// 엄마는/ 이불을 덮지 않아도/ 따뜻하지요.// 꿈속에서도/ 엄마는/ 나와 함께랍니다.

　　　　　　　　　　　　　　　　　　　　　　　—「막둥이의 자리」전문

　누나 방은/ 내 방이 아니야.// 형 방도/ 내 방이 아니야.// 엄마 아빠 방도/ 내 방이 아니야.// 방이 없다고/ 놀리지 마세요.// 우리집 거실이/ 내 방이랍니다.// 여기서부터 저기까지가/ 장난감 놀이터// 식탁 다리 사이로/ 축구공 농구공 굴러다니고// 소파에 앉아/ 그림책 읽고 있으면// 곰돌이 인형은/ 이불 덮고 쿨쿨 자요.// 내 방이/ 우리집에서 제일 커요. —「막내의 방 자랑」전문

　형과 동생/ 사이에/ 내가 있지.// 형이 누르고/ 동생이 밀어/ 찌그러지고 있지.// 그래도 좋아.// 빵과 빵 사이에/ 치즈가 있고/ 빵과 빵 사이에/ 계란이 있고// 그래서/ 보기 좋고 먹기 좋은/ 샌드위치가 되는 거니까. —「샌드위치」전문

　사람은 태어나 엄마 아빠의 사랑으로 자라납니다. 어느 가족이나 그렇듯이 말이지요. 또 어느 집이나 그렇듯이, 그 사랑에는 마냥 기쁘고 즐거운 일들만 쌓이는 게 아니지요. 꾸짖고 울고 다투고 아프고 한 그런 시간도 함께하기 마련. 자녀가 많을수록 더 그렇겠지요.

부모 사랑을 독차지하려고 들다가, 더 많이 먹으려고 하다가, 더 큰 것을 가지려고 하다가, 자기 것 내놓기 아까워서 등등… 참 다툴 일 싸울 일도 많지요. 사람은 식구들 사이의 이런 시샘하고 미워하는 감정들까지도 모두 양분으로 삼아 성장하지요.

「막둥이의 자리」의 다둥이는 셋인가 보네요. 엄마가 누우면 왼쪽에 하나, 오른쪽에 하나, 그 두 자리만 생기는데 둘까지가 아니라 셋이라면 그 셋째의 자리는 어디가 되나요? 그것도 그리 염려할 것 없네요. 엄마는 몸 전체로 아이들을 안을 수 있으니까, 그 셋째의 자리도 너끈히 만들 수 있어요. 그 새로운 자리를 차지한 셋째 또한 첫째, 둘째에게 자리를 내주고 그냥 울고만 있었던 게 아니지요. 울기는커녕 어느새 지혜로워져 엄마와 가장 가까운 곳에 자기 자리를 만들어 버린 거죠.

「막내의 방 자랑」의 다둥이 집도 보세요. 다둥이 집 자녀들 중 가장 늦게 태어난 아이에게까지 따로 방을 마련해 줄 집은 있기 어렵지요. 방 없는 막내는 억울하겠지요. 그런데 보세요, 이 막내는 울지 않고 짜증도 안 내고 보채지도 않고 자기 방 하나를 너끈히 만들었잖아요. 막내의 방은 놀이터도 되고 축구장도 되고 심지어 친구들이 와서 누워 잘 수 있는 캠핑장도 되는 그런 방이네요. 식탁이나 소파 다리가 좀 걸리적거리기는 하지만요.

실은 막내만 그런 건 아니지요. 「샌드위치」의 아이는 먼저 태어난 형 다음인데, 어쩌다 보니 동생이 생겨나 그만 형과 동생 사이에 끼이고 말았네요. 그렇다 해서 혼자 웅크리고 있을 것 뭐 있나요? 위의 빵, 아래 빵 사이의 치즈와 계란, 그게 샌드위치에서는 없어서는 안 되는 가장 귀중한 거잖아요. '샌드위치'란 이름도 그렇게 생겨난 거거든요. 아래위에서 누르고 치받는 힘으로 가운데 샌드위치가 더욱 쫄깃쫄깃해진 게 샌드위치거든요. 다둥이 가족으로 살아서 먹을 게 적고 잠잘 자리 좁고 그래서 서로 다투느라 다치고 울고 하느라 정신이 없을 거라 지레짐작할 거 없어요. 다둥이 자녀들은 그 정신없는 가운데 제 정신을 찾고 제 자리를 찾아 제 할 몫을 다 해낸다니까요.

이렇듯 다둥이로 살면서 서로 부대끼는 경험을 하다 보면, 이웃 친구들과 어울리면서 사는 요령도 절로 익히게 돼요. 경쟁도 하고 양보도 하는 그런 아이로 자라나는 거지요. 친구들과 잘 못 어울려 혼자 노는 친구하고도 어떻게 어울려야 하는지도 알게 돼요. 「생일 초대」에서 딴 친구들이 전혀 챙기지 않는 '서진이'에게 과감히 생일 초대를 한 것도, 그래서 「생일파티」에서 결국은 그렇게 초대한 서진이를 비롯해서 모인 친구들 모두 즐겁게 놀게 된 것도 다둥이 집에서 자란 아이의 경험과 지혜 덕 아닐까요? 「풍선껌을 타고」에서 전학 와서 혼자 외롭게 지내는 짝꿍에게 가장 먼저 다가가 말을 걸어주는 아이도 아마 다둥이 집 아이일 거예요.

3. 혼자 속으로 깊어지고 넓어지고

다둥이 얘기를 너무 길게 얘기했나요? 그럴 수밖에요. 오늘의 동시집에서 가장 남다른 점이 바로 자녀 많은 집에서 사는 아이들 세계가 마음껏 펼쳐져 있기 때문인 거니까. 그런데 이걸 알아야 해요. 여럿과 자주 어울려 지낸 아이라 해서 사람들 많은 데서 지내는 걸 더 편안해 하는 것만은 아닌 것을요. 그런 아이가 자기 혼자 있는 동안이면 아주 조용한 사람이 되기도 한다는 사실을요. 나아가 함께 한 것만큼이나 혼자인 데서 소중한 것을 찾는 아이가 의외로 많다는 사실을요. 이를 두고 어른들은 이렇게 설명해요. 사람에게는 여럿이 함께 하는 '광장'의 세계와 혼자 떨어져 있는 '밀실'의 세계가 있는데, 이 광장과 밀실을 오고가면서 그 사람은 바람직한 어른으로 성장해 가는 거라고요.

나는 그냥 누워 있어요./ 하늘만 볼 뿐이죠.// 구름이 스쳐가고/ 우박이 떨어지고// 벼락이 칠까 봐/ 오돌오돌 떨기도 해요.// 새들이 똥을 싸며/ 지나가기도 해요.// 더럽다고요?/ 춥겠다고요?// 아니에요./ 내 옆에 누워보세요.// 드라마보다 영화보다// 스릴 있지 않아요?

— 「지붕이 하는 말」 전문

우리집에/ 바퀴를 달고// 멀리멀리/ 달려가면// 넓은 들판은/ 마당이 되고// 울창한 숲은/ 뒤뜰이 되고// 푸르른 바다는/ 신나는 수영장이지. ―「우리집에 바퀴를 달고」 전문

「지붕이 하는 말」은 아이가 지붕이 되어 하는 말로 펼쳐져 있군요. 지붕은 집채를 덮어 안전하게 해주는 구조물이에요. 그런 점에서 지붕은 식구들을 안전하게 지켜주기 위해 스스로 위험한 자리에 배치된 거라 할 수 있겠네요. 아이는 왜 하필 그 위험한 지붕이 되어 있을까요? 집안에 있으면 부모 자식들, 그 사이에서 함께 안전하고 편안하게 지낼 수 있는 걸, 굳이 자기가 지붕이 된 걸로 생각하고 있을까요? 그것은 안전하고 편안한 집에서는 느끼지 못하는 것, 함께 있는 동안에는 못 느끼는 어떤 것들을 느낄 수 있어서가 아닐까요? 위험하지요, 무섭지요, 더럽지요, 그러나, 그러나 그런 함부로인 것들에서 또한 '아, 내가 살아있구나!' 하고 느끼게 되는 거 아닐까요? 부모나 다른 자녀들과의 어울림에서는 느낄 수 없는 생동감을 이 아이는 마음껏 느끼고 있는 걸 거예요.

「우리집에 바퀴를 달고」의 아이는 혼자만의 세계에서 더 많은 변화를 꿈꾸고 있네요. 식구들과 함께 사는 집이 좋기도 하고 안전하기도 해서 혼자 멀리 떠나기는 어렵지만, 그래도 다른 세상을 구경하고 싶어 하지요. 식구들에게 '우리 여행 가요!' 하고 조를 수도 있

지만, 그러자면 짐도 싸야 하고 숙제할 것도 가져가야 하니까, 차라리 그냥 집 그대로 멀리 여행 가는 걸 꿈꾸어 봤어요. 집에서 놀고 공부하는 그대로, 우리집에 바퀴를 달고 달려가는 것, 상상만으로도 즐겁잖아요. 집에 바퀴를 달고 산과 들, 바닷가까지 달리고 있는 집, 그 집 아이들을 그려보세요. 얼마나 신나요.

혼자 생각한다고 자기만의 것에 빠지는 것도 아니에요. 혼자 있어도 함께 있는 삶을 꿈꿀 줄도 알거든요. 「세탁기도 추워해요」에서 베란다에 자리한 세탁기가 겨울에 추울 것을 걱정해 주는 아이, 「지각생 나팔꽃」에서 아침나팔을 못 불더라도 나팔꽃 안에서 곱게 잠든 애벌레는 깨우지 않는 게 좋겠다고 생각할 수 있는 아이, 「식지 않는 마음」에서 겨울에 횡단보도를 지켜주는 할머니에게 핫팩 한 장이라도 전해주고 싶어하는 아이, 「배달음식 반대」에서 비 오는 날 배달원 비 맞을까 봐 걱정해 주는 아이… 이렇듯 아이는 절로 생각이 깊어져 있네요. 그 마음 다시 가족으로 이웃으로 사회로 열려 가는 거예요.

하늘도 나처럼/ 고민인가 봐.// 비를 내릴까/ 눈을 내릴까// 이리 갸우뚱/ 저리 갸우뚱// 눈과 비 사이좋게/ 내려 보내지.// 나도 하늘처럼/ 고민이 되네.// 짜파게티 먹을까/ 너구리라면 먹을까// 이리 갸우뚱/ 저리 갸우뚱// 짜파게티랑 너구리라면/ 반반씩 넣어 끓이지.

—「짜파구리의 탄생」전문

아이는 세상일에 대해 궁금증을 느끼고 나름대로 그것을 해결하는 과정을 통해 점점 자라납니다. 사람의 일 자연의 일이 모두 아이에게는 그 생각의 대상이 되지요. 「짜파구리의 탄생」에서의 아이는 하늘에서 내리는 비 같기도 하고 눈 같기도 한 것에 궁금증을 품었네요. '도대체 하늘은 무슨 생각으로 그런 이상한 걸 내리게 할까' 하고 의아심을 가지다가, 세상의 다른 많은 것들에 대해서도 또한 그렇게 생각해 보는군요. 어쩌면 세상의 많은 것들이 '눈이냐 비냐', '이것이냐 저것이냐' 식으로 고심하다가 생겨난 게 아닌가 하는 생각도 해요. 하늘에서 이거 내려 보낼까 저거 내려 보낼까 하던 그분은 그 둘을 섞어 눈비를 내려 보냈어요. 이거 할까 저거 할까 하다 보니 전화기와 인터넷이 합해져 스마트폰이 탄생했고요. 오늘의 아이도 국밥과 비빔밥이, 짬짜면과 짜파구리가 어떻게 탄생하는지 알았으니, 앞으로 그 어떤 멋진 발명을 할 수도 있지 않을까요?

4. 모두가 주인공인 세상을 위해

이 동시집은 다둥이 집 아이들이 사는 모양을 생생하게 담고 있다고 앞에서 말했어요. 그 아이가 혼자서 떨어져서도 생각이 깊은 아이로 성장하는 모습이 담겼다고도 했어요. 무엇보다 아이다우면

서도 대견스러운 모습을 보여주는 동시들이 읽는 이를 더욱 기쁘게 하는군요.

> 그저께 이사 온/ 귀뚜라미는// 밤에는 잠자고/ 낮에만 울어.// 남반구에서 왔나/ 먼 아프리카에서 왔나// 귀뚜라미야/ 귀뚜라미야// 해님이 반짝이는 게/ 보이지 않니?// 아직 울 때가 아니야/ 지금은 대낮이란다. ―「시차적응 중이니?」 전문

자연에는 사계절이 있고, 맑은 날 흐린 날이 있으며, 새는 날아서 새고, 바위는 우뚝 서서 바위이지요. 이런 걸 자연의 이치라 해요. 그런데 맑은 날 비가 오기도 하고, 우뚝 서 있던 바위가 이튿날 아침 길바닥에 누워 있기도 해요. 이 또한 자연의 이치라 하지 않을 수는 없지요. 낮에 우는 귀뚜라미도 있던가요? 귀뚜라미는 밤에 우는 게 자연의 이치이지요. 그런데 낮에 우는 귀뚜라미는 뭐죠? 이 또한 자연의 이치를 거스른 거라 할 수 있나요?

낮에 우는 귀뚜라미를 두고 아이는 생각해 보는 겁니다. 귀뚜라미가 꼭 밤에만 울어야 하는 법은 없는 일이지요. 하지만 보통 밤에 우는 귀뚜라미와는 다르게 낮에 우는 귀뚜라미가 있다면 그렇게 된 까닭이 있어야 할 것 같은 거예요. 여행을 좋아하는 아이는 우리나라와는 시간이 다른 나라에 다녀오던 일을 떠올렸어요. 낮에 우는

귀뚜라미도 아마도 시간이 다른 먼 나라에서 와서 아직 이곳 시간에 익숙해지지 않은 거라 생각해 보는 거지요. '귀뚜라미가 다른 먼 나라에서 이사 와서 시차적응을 못 해서 낮에 우는 것'이라니! 아이의 생각이 참 대견스럽지 않나요?

이곳의 주인공은/ 나 빨간불이야./ 아니야, 이곳의 주인공은/ 나 초록불이지.// 빨간불 초록불이/ 다투는 동안/ 깜박 켜졌다가 꺼지는/ 노란불// 엑스트라라고/ 놀리지 말라구./ 노란불 켜지는/ 3초가 없으면// 이곳은 세상에서 가장/ 위험한 곳이 된단다.// 빨간불 초록불 노란불/ 모두가 주인공이어야/ 제일 안전한 곳이 되지.

— 「셋 모두 주인공」 전문

가족 중에 유난히 예쁘고 공부 잘 하는 아이가 있지요. 어울려 노는 친구들 중에도 으쓱해 보이고 빛나 보이는 친구가 있지요. 그들은 부러움의 대상이 되고, 칭찬을 받아 마땅할 테죠. 그런데 같이 지내다 보면 그들이 매번 그렇게 돋보이는 자리에만 있게 되지 않는다는 걸 알게 돼요. 도리어 구석에 거의 돌아봐지지 않을 듯 있었던 사람이 소중해지는 때도 있잖아요. 그 사람만이 할 수 있는 일도 분명히 있거든요. 돋보이는 사람이 되려고 애쓰는 것은 누구에게나 당연한 거지만, 돋보이지 않는 때의 소중함을 생각하지 않으면 곤란해요.

빨간불일 때 멈추고 초록불일 때 건너고 하는 것이 신호등인데요, 많은 사고는 그 빨간불과 초록불 틈을 쉽게 여겨 일어나는 거예요. 신호등 거리에서 빨간불 초록불만 중요한 게 아닌 거예요. 사고 예방이라는 점에서는 그 틈을 알게 해주는 노란불이 더욱 중요한 거지요. 그럴 때는 신호등의 주인공은 그 어떤 것도 아닌 노란불인 거예요. 따라서 신호등은 빨간불, 초록불, 노란불 모두 주인공인 세상인 겁니다.

숨은 아이도, 드러난 아이도 모두 주인공인 겁니다. 이 동시집은 그걸 몸소 알아내는 아이의 모습을 담았어요. 여럿과 살아서 함께 어우러지는 지혜를 얻고, 혼자 떨어져 있을 때 그 속이 깊어져 세상이 품은 비밀을 깨우치는 아이의 표정이 생생해요. 이 동시집의 아이들이 마냥 자랑스럽기만 합니다.

• 박덕규. 시인, 작가. 1980년 '시운동' 동인으로 시인 활동 시작. 시집 『아름다운 사냥』 『골목을 나는 나비』 『날 두고 가라』 등. 동화 『쉿! 쪽지를 조심해』 『라니』 『부여 소년과 아기 예수』 등.